I0550675

LE SIÈCLE,

SATYRE,

PAR C. A. B. PINIÈRE.

Travaillez sans crainte , et faites tant de honte au vice , qu'il ne reste que la vertu en France.

ANNE D'AUTRICHE, à un libraire de Paris.
Voyez l'Encyclop. , art. Louis XIV. , édition in-4°. , MDCC.LXXX.

A PARIS,

CHEZ { DESENNE, maison Egalité, galerie de pierre, N°. 1 et 2,
LARAN, galerie de bois,
Et VENTE, libraire, sur le boulevard de la Comédie Italienne.

DE L'IMPRIMERIE DE G. MUNIER.

GERMINAL, AN VIII.

LE SIÈCLE,

SATYRE.

Une charte nouvelle amène un nouvel âge.
Du bonheur aux Français elle offre le présage.
Le héros qu'au pouvoir appeloient tous les cœurs
Veille au poste où dormoient nos tristes directeurs;
Et, du rang où la gloire est maintenant assise,
Il a fait avec eux descendre la sottise.
Des hommes dont n'aguère on craignoit les talens,
Secondent au conseil ses regards vigilans;
Mais, quoique leurs travaux nous donnent d'espérance,
Qu'il leur faudra d'efforts pour relever la France!

Le siècle est à son terme; ô souvenir affreux!
Qu'il a roulé de fange, en son cours ténébreux!
Il vécut pour l'opprobre; et sa triste existence
Ne parût qu'une vile et longue décadence.
Du siècle précédent ô fils dégénéré!
Sans doute, au Champ-de-Mars, un moment illustré,
Du héros de Hochstet il vit la main guerrière,
Sous les murs de Denain, renverser l'aigle altière; (1)

Et Saxe, de nos bords devenu le rempart, (2)
Briser, à Fontenoi, l'orgueil du léopard :
Sans doute, il vit encor, dans la guerre où nous sommes,
Tous nos jeunes soldats, conduits par de grands hommes,
Affrontant la fatigue et la soif et la faim,
Assujettir l'Escaut, l'Éridan et le Rhin ;
Et, de lointaines mers prompts à franchir les ondes,
Conquérir les cités que le Nil rend fécondes. (3)
Mais ce pompeux éclat ne brillait qu'au dehors.
Au dedans, s'éteignaient nos mœurs et nos trésors.
Siècle, remonterai-je aux jours de ta naissance ?
Un roi dont la grandeur fit l'orgueil de la France,
Foible, vieux, s'épuisoit et de sujets et d'or.
Il légua des malheurs que l'on ressent encor.
D'Orléans, après lui, saisit le rang suprême :
Ce régent, ses mignons, et Lass et son système (4)
Des générations dévorèrent l'espoir.
Cette cour rassemblait, sous un honteux pouvoir,
Le vice souriant, la pauvreté splendide,
La bassesse orgueilleuse et la grandeur sordide.
Le Français abjura sa douce urbanité ;
La débauche bannit l'aimable volupté ;
De vils jeux tarissoient la fortune publique.
Enfin parût ce monstre, au regard famélique, (*)
Que le luxe des grands à sa suite conduit :
Il vint, de nos sueurs recueillant tout le fruit,
D'un peuple malheureux achever la détresse ;
Et lui laissa des pleurs pour sa seule richesse.

(*) La banqueroute.

A ce vil d'Orléans succède un jeune roi :
L'espoir, dans tous les cœurs, a dissipé l'effroi.
A semer des bienfaits consacrant sa puissance,
Louis devient l'amour d'un peuple qui l'encense.
Mais bientôt les plaisirs ont égaré son cœur.
Ce prince, s'endormant dans sa molle langueur,
De l'état mieux régi par des mains souveraines,
Aux mains de POMPADOUR abandonne les rênes :
Plus de roi ; d'une femme on suit la volonté.
Du prince et des sujets souillant la dignité,
Les ministres, les grands viennent, sans résistance,
Peser, dans un boudoir, les destins de la France.
Du sein des voluptés, POMPADOUR, aux emplois,
Porte des magistrats qui font mentir les lois ;
Enfin, pour généraux, elle donne à l'armée
Des flatteurs sans vertu, comme sans renommée, (5)
Qui, faisant oublier l'éclat de nos succès,
Dégradent au combat l'honneur du nom Français.
Elle meurt : DU BARRI, c'est toi qui la remplaces !
Toi qui, trop étrangère à l'amour, comme aux graces,
Offrais au peuple entier le scandaleux aspect
De plaisirs sans pudeur et de goûts sans respect ;
Et, sachant ménager tes caresses vénales,
Pour garder ton amant, te cherchais des rivales ! (6)

Le vice, par degrés, infecte tous les rangs.
La nation, d'excès dispute avec les grands.
La morale reçoit une atteinte nouvelle :
TERRAI qu'au ministère une Lays appelle,

Trompant la foi publique, en ces temps désastreux,
Ramène du régent le brigandage affreux ;
Comme lui, cherche l'or, par la fraude et le crime,
Et de notre misère approfondit l'abyme.

France, tu gémissais sous de coupables lois,
Quand parut à tes yeux le dernier de nos rois.
Ami de la vertu, mais chef sans caractère,
Il voulut ton bonheur et ne sut pas le faire !
Une cour qu'enivraient les plaisirs fastueux,
Trompa les sentimens de son cœur généreux.
Ces déprédations que souffrit sa faiblesse,
Ces erreurs où l'intrigue entraîna sa jeunesse,
Tout augmenta des maux qu'il fallait arrêter ;
D'un peuple mécontent les cris vont éclater !
Un parti, du pouvoir décriant l'imprudence,
Croit fonder une longue et juste indépendance :
Vain espoir ! Au signal de ses premiers succès,
Pour le précipiter dans les derniers excès,
Viennent, et ces brigands avides de pillage,
Et ces autres brigands avides de carnage,
Qui, de nos novateurs abusant tous les vœux,
Dans des sentiers perdus les traînent avec eux.
Ce n'est plus qu'un torrent qui partout se déborde.
En vain la raison parle, au sein de la discorde :
Le crime règne seul ; le sang coule à grands flots ;
Sur le trône écroulé se placent les bourreaux ;
Septembre, tu parais : sous des voiles funèbres,
Quels meurtres, des cachots vont souiller les ténèbres !

Des monstres, d'or, de crime et de sang affamés,
Egorgent froidement les captifs désarmés.
Plus d'âge, plus de sexe; en leur coupable ivresse,
Oubliant le respect qu'on doit à la faiblesse,
Ils frappent le vieillard; ils frappent la beauté :
Lamballe, c'est sur toi que leurs coups ont porté !
O regrets! ta douceur, ta jeunesse, tes charmes,
Et tes yeux embellis de leurs pénibles larmes,
Et ces cris, dans ta bouche encor plus déchirans,
Rien ne peut les toucher: sur les morts, les mourans
Pour toi de vingt trépas prolongeant le martyre,
Leur foule te saisit, t'entraîne, te déchire;
Et, ta tête à la main, va promener long-temps,
Dans Paris effrayé, tes membres palpitans.
Je l'ai vu ce spectacle; et j'en frémis encore !
Liberté méconnue, est-ce ainsi qu'on t'honore!
Ah! je sens de ma main échapper mes pinceaux ;
Mais resaisissons-les, pour de plus noirs tableaux.

Quels nouveaux attentats! un sénat, sur nos têtes,
Au lieu d'un ciel plus doux, ramène les tempêtes ;
Un sénat ! où siégeaient ces lâches assassins
Qui du sang de septembre avaient souillé leurs mains !
Leurs lois ne sont encor que du sang et des crimes.
D'abord, des sénateurs éclairés, magnanimes,
Opposant la sagesse à leurs cris odieux,
Voulurent prévenir leurs décrets factieux ;
Hélas ! ils prodiguaient, pour détourner l'orage,
Un talent inutile, un impuissant courage !

On n'osa seconder ces orateurs fameux ;
Contr'eux on prononça, pensant tout bas comme eux.
Du crime plus hardi la lâcheté complice,
Ayant trompé leurs vœux, signe encor leur supplice ;
Ils meurent ; c'en est fait : tyrans, vous triomphés !
L'honneur, le sentiment sont par-tout étouffés.
Au gré des délateurs qui marquent leurs victimes,
Des cachots plus nombreux on peuple les abymes.
La France est devenue une vaste prison ;
Et la mort s'y promène au signal du soupçon.
Tout Français est captif ; tout captif est coupable :
Vertus, talens et toi, pouvoir d'un sexe aimable,
Vous excitiez leur rage, au lieu de la fléchir !
C'est sur vous que leur bras aime à s'appesantir.
A frapper tous les rangs la hâche est toujours prête ;
Chaque heure, chaque instant voit tomber une tête.
Que la vertu fut noble, en ce règne cruel !
Vingt vierges que leur foi liait au même autel, (7)
Vers l'injuste échafaud en un vil char traînées,
Le front privé du voile et les mains enchaînées,
Demandaient aux bourreaux qu'au moins un chaste lin,
Au nom de la pudeur, s'étendit sur leur sein ;
Dans leurs hymnes, d'un Dieu célébraient les louanges ;
Pensaient unir leur voix au doux concert des anges ;
Et semblaient entonner, dans ce touchant transport,
Les chants de l'allégresse et non ceux de la mort.

C'est peu ; des assassins les fureurs meurtrières
Frappent, en s'étendant, jusqu'aux cités entières !

Bedoin, tu leur déplais; tes remparts condamnés
Aux flammes tout-à-coup tombent abandonnés;
Et d'affreuses lueurs la nue au loin rougie
A Lyon effrayé conte ton incendie.
Lyon, dans cet image a lu son sort prochain.
Les pleurs de la patrie avaient ému son sein :
Il oppose aux tyrans une élite vaillante ;
Il dispute à leurs lois la France gémissante ;
Mais le crime triomphe, et Lyon est vaincu.
Ses murs , ses habitans auront bientôt vécu.
Un histrion , jadis sifflé dans leur enceinte,
De leurs justes mépris se venge sans contrainte :
La hâche est trop tardive; il commande; et soudain,
Sur un peuple enchaîné, trente bouches d'airain
Tonnent : mais des combats l'instrument magnanime
Semble s'épouvanter d'être celui du crime :
Ses traits sont incertains ; la plupart des proscrits,
Sanglans , tout mutilés, et poussant de grands cris ,
Se débattent long-temps sous des coups si funestes :
Le glaive des soldats vient déchirer leurs restes ;
Et , dans leur lente mort trouvant d'affreux plaisirs ,
Le féroce histrion a compté leurs soupirs !

Le meurtre, aux pieds sanglans, court du Rhône à la Loire.
Là, CARRIER, dont le nom fait frémir la mémoire,
Du tigre de Lyon se montre le rival.
Déployant , dans sa rage, un génie infernal,
Il invente un supplice où, sur l'onde étonnée,
Il fait trouver la mort dans un faux hymenée.

Les deux sexes tout nus, l'un à l'autre enchaînés,
Pour la première fois, de s'unir indignés,
Bientôt précipités de cent barques perfides,
Roulent, en s'embrassant, au sein des flots avides.
Les prêtres au trépas sont en foule envoyés,
Dans ces mêmes esquifs qui s'ouvrent sous leurs pieds;
Et les morts, par milliers, rejettés sur les rives,
Où n'osent les pleurer leurs familles plaintives,
Les morts, accumulés en de vastes monceaux,
Semblent un noir trophée à l'honneur des bourreaux.
Par-tout enfin, par-tout la France malheureuse,
Et de la Loire au Rhin, et du Var à la Meuse,
Voit conduire à la mort ses habitans proscrits;
L'épouse avec l'époux, le père avec le fils :
Raffinement affreux qu'un règne affreux présente !
Et ces forfaits encor dont le nombre épouvante,
Des Journaux, des beaux arts la voix les a loués!
Et BARRÈRE en a fait des rapports enjoués
Qui causoient du sénat le rire inextinguible,
Et glaçaient la vertu de leur gaîté terrible !

Salut, neuf thermidor ! salut, ô jour d'espoir !
Tu vins précipiter du faîte du pouvoir
Ce monstre qui long-temps bourreau de sa patrie
Renversa l'échafaut, en y laissant sa vie.
La France respirait; mais, changement trop vain !
L'intrigant, le voleur, remplacent l'assassin.
On a frappé nos jours; on frappe nos fortunes :
D'un papier prodigué les feuilles trop communes

De la propriété trahissent tous les droits.

Comme l'on égorgea, l'on vole, au nom des lois :

De l'or qu'on lui commit, l'état dépositaire,

Dans le palais du riche a porté la misère.

Le rentier n'en reçoit qu'un signe sans valeur

Qui de tous les besoins lui fait subir l'horreur.

Epoux, pleurez vos nœuds; ce fils, leur premier gâge,

Dont vingt maîtres divers instruisaient le jeune âge,

Que destinaient vos biens et qu'appelaient vos vœux

A servir son pays par des talens heureux;

De son instruction s'arrête l'espérance :

Et celui que sans doute eût applaudi la France,

Va, privé de leçons, grossir, au dernier rang,

Le ramas trop nombreux d'un vulgaire ignorant.

Epoux, pleurez vos nœuds; dans votre ame enivrée,

Vous méditiez l'hymen d'une fille adorée;

Sur le vœu de son cœur choisissant son époux,

Vous lui donniez vos biens; sont-ils encor à vous?

Non; l'état les ravit : non; plus d'hymen pour elle;

De   pertes, hélas! la suite est plus cruelle,

Quand d'injustes destins condamnent aujourd'hui

Ses appas au veuvage et son cœur à l'ennui.

A la Bourse, au Perron, la cupide bassesse

Des Français dépouillés trafique la richesse;

Et les force, à l'envi, spéculant sur leur faim,

De vendre leurs foyers, pour un morceau de pain.

L'espoir de leurs enfans passe en des mains avides.

Soudain, sur leurs débris, cent fortunes rapides

S'élèvent dans nos murs, et, d'un éclat honteux,

Insultent, chaque jour, aux pleurs du malheureux.

Ceux-ci, jadis courbés dans une étude obscure,
Ceux-là qu'avait couvert la livrée ou la bure,
Gauchement étendus en des chars éclatans,
De leur faste grossier font rire les passans:
Chacun reconnoissant ou LABRIE ou LAPIERRE,
Se dit à leur aspect: «ils étaient mieux derrière.»
Dignes de tels époux, sous de pompeux habits,
Leurs femmes, s'écrasant et d'or et de rubis,
Ornant leurs fronts hâlés de perruques énormes,
De leurs charmes épais mettant à nu les formes,
Dans ces lieux autrefois à Therspcicore ouverts,
Amusent un moment de leurs plaisans travers;
De leur grosse gaîté font retentir les voûtes;
Et, prodiguant cet or, fruit de vingt banqueroutes,
Du matin jusqu'au soir, du soir jusqu'au matin,
Sur un tapis fatal tourmentent le destin;
Et, portant au salon le ton de l'antichambre,
Exhalant, à-la-fois, des vapeurs d'ail et d'ambre,
Dans leur danse pesante ou leur luxe odieux,
Elles révoltent l'âme et fatiguent les yeux.

A ces vils enrichis le pouvoir est propice.
Tout s'achète, se vend; le crime et la justice.
Aux yeux des parvenus, l'honnête homme est un sot;
Thémis ivre prononce aux banquets de MÉOT. (8)
Le sénat, pour le mal, s'unit au directoire.
Chaque jour voit éclore une loi dérisoire.
Le *vol* s'appelle *emprunt*; *l'emprunt* est un *impôt*.
Le Luxembourg devient le plus obscur tripot,

Où , mettant leur pays à de vils enchères ,
Fournisseurs et phrynés, magistrats, commissaires ,
Dispersent à l'envi les trésors de l'état ;
Et la sueur du pauvre et le sang du soldat.

C'est ainsi que nos chefs, régnant avec scandale,
Prolongent au dehors une guerre fatale ;
Fomentent au dedans l'esprit des factions ;
Nous donnent , chaque jour , des révolutions;
Et , dilapidant tout , dans leur longue ineptie ,
Sur l'abyme entr'ouvert font pencher la patrie.

Parmi tant de fléaux , où porter nos regards?
Qui peut nous consoler ? parlerai-je des arts ?
Le génie est muet ; l'art trompe la nature.
N'aguère, dans Paris , la noble architecture
Fit admirer l'école où de savantes mains
Enseignent à guérir tous les maux des humains. (*)
Mais , au palais fameux que l'œil au loin découvre,
Aux jardins de LENÔTRE , aux colonnes du Louvre,
Du repos d'un grand roi nobles amusemens ,
Comparez de nos murs les nouveaux ornemens.
Où les talens sont-ils? Quelles mains subalternes
Oseraient avouer ces monumens modernes
Dont le travail mesquin, sur la pierre ou le bois ,
Par un hommage indigne a flétri nos exploits ? (**)

(*) L'Ecole de Chirurgie.
(**) La piramide de la place des Victoires.

Et cette liberté que le peuple idolâtre,
Devoit-on à nos yeux l'offrir sous un vil plâtre? (*)
Pour qui réserve-t-on et le marbre et l'airain?
Le Panthéon s'élève; et déja, son déclin
A menacé MARAT qu'un lâche apothéose
Mit auprès d'AROUET dont la cendre y repose.
Comme ils ont dégradé le palais d'un héros ! (**)
Quel art, se conformant aux Cicérons nouveaux
Qui durent y porter leur ridicule emphase,
L'a surchargé, sans goût, du fardeau qui l'écrase?
Quel art, du vandalisme étalant les progrès,
D'ORLÉANS en un cloître a changé le palais? (***)
Le peintre et le sculpteur, moins égarés, sans doute,
De la nature encor n'ont pas perdu la route:
Honneur à toi, DAVID ! honneur à toi, VERNET !
Honneur à vous, PIGAL, HOUDON, MOITTE, PUJET !
Du faux goût vos travaux nous sauvent les outrages;
Mais pourquoi le salon, auprès de vos ouvrages,
Par un honteux mélange, admet-il, sur ses murs,
D'artistes sans élan tous les essais obscurs?
Du pinceau d'HENNEQUIN quelle caricature,
GUÉRIN, ose toucher ta savante peinture?
Pourquoi tous ces portraits d'hommes si peu connus?
Ils nous font desirer que les murs restent nus.

(*) La statue de la liberté, place de la Révolution.

(**) Le palais des Cinq-Cents.

(***) Le Palais Royal.

Vous gâtez nos plaisirs, par un tel assemblage.
Renoncez pour jamais à ce moderne usage
Qui présente au salon, dont il fait un chaos,
L'enfance du talent, près de ses grands travaux.

Que dirai-je de vous, ô fils de l'harmonie!
Des campagnes du Tibre et de la Germanie
Votre lyre sans doute apporte, sur nos bords,
Des chants audacieux et de savans accords.
Mais pourquoi tout ce bruit que votre orchestre étale?
Mais pourquoi cet abus du cor, de la timballe?
Au fracas le vrai goût n'a jamais applaudi.
Par de tels instrumens l'auditeur assourdi,
Quoiqu'il ait quelquefois des graces à leur rendre
De bien couvrir des vers qu'il redoutoit d'entendre,
S'éloigne, en gémissant, de ce genre nouveau
Qui fatigue l'oreille et brise le cerveau.
Il regrette le temps où ce génie aimable,
Sacchini, déployait un charme inexprimable;
Où Grétri, par des sons et si doux et si vrais,
Flattait nos sens émus, sans les blesser jamais.

Ce Siècle a-t-il au moins la gloire littéraire?
Il cite Montesquieu, Buffon, Rousseau, Voltaire: (10)
Mais quels contemporains les ont environnés?
Quels tristes successeurs le sort leur a donnés!
Ces astres, emportant leur lumière divine,
N'ont laissé que la nuit sur la double colline.

Sous le ciel ténébreux dont ses monts sont couverts ,
Quel torrent déplorable et de prose et de vers ?
D'où viennent ces romans dont les sanglantes pages,
Entassant à plaisir de fatales images ,
D'un style plat et lourd habillent des horreurs ?
D'où viennent ces romans qui trahissent les mœurs ?
Là , des plus vils excès la licence altérée ,
Se plaît à surpasser les transports de Caprée.
Justine , de ce siècle ô forfait odieux !
Quel esprit corrompu , dans son délire affreux ,
Assembla sans effroi tant de noires maximes ?
Quelle main sans trembler a tracé tant de crimes ?
Ah ! rejettons au loin ces écrits scandaleux ,
De fange et de poisons assemblage hideux !

Mais devant ces tableaux mon esprit qui recule,
A l'horrible échappé , trouve le ridicule :
FRANÇOIS DE NEUFCHATEAU, c'est toi qui m'apparais ! (11)
Dans tes divers emplois , grand homme à peu de frais ,
Ta main à nos malheurs chaque jour attentive,
Traçait aux magistrats une aimable missive,
Où ton esprit galant savait enjoliver
Les lois des directeurs qu'on te vit approuver ;
Ecrit officiel , respecté du critique ,
Dont les journaux vantaient la grace politique !
Mais il fallait rester à ce travail charmant.
Loin de-là , devais-tu , poète sans talent ,
Lire en public ces vers dont la faible cadence
Fit bailler l'Institut qui fait bailler la France ;

Et

Et révéler ailleurs aux lecteurs étonnés
Que *la cigogne est chère à tous les cœurs bien nés ?* (*)

A ce fou LE MERCIER, FRANÇOIS, cède la place. (12)
Il se traîne, froissé de plus d'une disgrace.
Rempli de quatre auteurs dont on vante le nom,
Il saisit un succès avec *Agamemnon*,
Ouvrage en style dur qu'a soutenu Cassandre.
Mais quel est cet *Ophis*, où, prompt à redescendre,
LE MERCIER, violant et la nature et l'art,
Dans tous ses vers forcés, ressuscite Ronsard ;
Et, croyant nous offrir une image savante,
Fait *ouïr Anubis et rend la mort vivante ?* (**)
Mais quel est ce *Pinto*, ce cahos monstrueux
De mots pris à la halle et de tableaux honteux,
Qui, digne des tréteaux, fait, ainsi que la prude,
Des chûtes à l'auteur reprendre l'habitude ?

A toi, mon cher Guyot ; mon tendre Desherbiers ! (13)
Tu ravis à Scarron ses burlesques lauriers !
N'est-ce pas dans tes vers que, *de son ambroisie*,
Le plaisir vient sucrer le banquet de la vie ? (***)
Chantre des chats, en vain tu travaillas pour eux.
Dans l'ombre, sur nos toits, quand soupirent leurs feux,

_____

(*) « Qu'à tous les cœurs bien nés les cigognes sont chères ! »
Poëme des Vosges.

(**) « On ouït Anubis hurler en longs accens. »
. . . . . La mort parut vivante aux yeux. »
Ophis.

(***) Vers du poëme des *Heures*, qui a précédé le poëme des
Chats, par GUYOT-DESHERBIERS.

B

Ce sont tes vers encor que leur voix fait entendre :
Mais de la dent des rats pourront-ils les défendre ?

VOLMERANGE et MERCIER, vous réclamez mon choix ; (14)
Mais d'autres au sarcasme ont encor plus de droits :
Tel, MASSON, cet auteur d'un helvétique ouvrage. (15)
De la nation suisse il a pris le langage.
Chacun voit, dans son style et barbare et nouveau,
Qu'il prétend n'imiter RACINE ni BOILEAU,
Comme, en effet, le dit sa burlesque préface ;
Et que NEUFCHATEAU seul dût l'offrir au Parnasse.

Une femme les suit ; c'est THÉÏS-PIPELET : (16)
Pour un art dangereux, quittant son flageolet,
N'aguère elle voulut, en rimes non exactes,
Sur la scène française, obtenir les cinq actes ;
Mais un autre théâtre, où brillent ses attraits,
Est le seul où THÉÏS mérite ce succès.

Tu soupires pourtant, Muse aimable et badine,
Dont DESTOUCHES, PIRON et FABRE-DESGLANTINE
Ont d'un triple veuvage affligé la gaîté.
COLLIN qui dérida ton visage attristé,
Et PICARD, trop souvent moins plaisant que folâtre,
Ne peuvent prévenir la honte du théâtre.
CUVELIER-Pantomime y règne sans rival ; (17)
De ses drames souvent l'acteur est un cheval ;
FRANCONI, sur la scène, a remplacé MOLIÈRE.
Les chaînes, les cachots, le deuil d'un cimetière,
Les sorciers, les combats, *le moine* et *Belzébut*
De l'art, en triomphant, semblent remplir le but.

Mais fuyant ces auteurs, faibles quoique barbares,
J'applaudis aux talens dont nos jours sont avares :
LAHARPE, aux arts rendu, nouveau QUINTILIEN,
Du goût, par ses leçons, est le premier soutien.
J'aime, dans BERNARDIN, le charme heureux du style.
Je lis avec transport les beaux vers de DELILLE,
Et du vol de LE BRUN j'admire la hauteur.
FONTANES, bon poëte, élégant prosateur,
Le GOUVÉ qu'aujourd'hui préfère Melpomène,
L'auteur de Fénélon, autre honneur de la scène,
Nous donnent des plaisirs par le goût avoués.
Et vous, par quelles voix serez-vous donc loués,
MONGE, PRONI, LAGRANGE et le GENDRE et LAPLACE ? (18)
DE NEWTON vos talens font revi l'audace.
Le Ciel s'est dévoilé pour DELA t MÉCHAIN. (19)
BUACHE et BERTHOLET, GUYTON-MORVAUX, VAUCLAIN (20)
Nous ouvrent les trésors de plus d'une science :
Et BOUGAINVILLE enfin dont s'honore la France, (21)
Pour apporter nos arts aux peuples ignorans,
Osa franchir des mers les gouffres dévorans ;
Et, comme le soleil, fesant le tour du monde,
Il versa la lumière, en sa course féconde.

Ah ! Pour mieux seconder les efforts d'un héros,
Poëtes et savans, ralliez vos travaux :
Il poursuivit par-tout les brigands de la France ;
Poursuivez le faux goût, le vice et l'ignorance.
Faites vaincre les mœurs, la raison et les arts.
Que ce siècle nouveau qui s'ouvre à nos regards,
Des malheurs de nos jours effaçant la mémoire,
Par vos efforts unis, nous rende enfin la gloire.

NOTES.

(1) C'est à Denain qu'en 1712, l'armée française, commandée par le maréchal de Villars, remporta sur les alliés une victoire signalée qui sauva la France, et mit le comble à la gloire de ce général.

(2) Les Français, commandés par le maréchal de Saxe, vainquirent à Fontenoi l'armée combinée des Anglais, des Autrichiens et des Hollandais, en 1745.

(3) Ces villes de l'Egypte, privées des faveurs du Nil, seraient des déserts, dans toute l'étendue du terme. J'ai donc pu dire que ce fleuve les rendait fécondes.

(4) Le discrédit du papier de la banque de Lass ou Law amena une véritable banqueroute; et je n'hésite pas à appeler du même nom les réductions opérées depuis, par l'abbé Terrai.

(5) D'Etrées, toujours vainqueur à la tête de nos armées, dédaigne de plaire à Mme. de Pompadour : il est bientôt disgracié. Elle le fait tour-à-tour remplacer par le maréchal de Richelieu et le prince de Soubise. Ce dernier sur-tout prouva, par ses défaites consécutives, jusqu'où pouvait s'étendre l'abus du dangereux pouvoir de la favorite.

(6) Tout le monde sait ce qu'était le *Parc aux Cerfs.*

(7) Il s'agit ici des religieuses de *Bolléne*, dans le ci-devant comté Venaissin. Leur respectable abbesse, madame de Lafare, sœur de l'évêque de Nanci, avait été précédemment arrachée à son troupeau. Elle gémissait de cette séparation, dans des prisons lointaines, lorsque ses compagnes furent conduites à l'échafaud, en trois char-

B 2

retées de file. En allant au supplice, elles chantaient le *Pange lingua*. Leur physionomie sereine, que ne purent altérer les injures d'une vile populace, exprimait le plaisir d'abandonner un monde corrompu, et déja semblait appartenir au ciel.

(8) « Thémis ivre jugeait aux banquets de MÉOT. »

Traiteur célèbre chez qui, dans les différentes phases de la révolution, se sont réunis, tour-à-tour, les enfans gâtés de l'anarchie. On y a concerté plus d'une intrigue, préparé plus d'un mouvement, ourdi plus d'un complot; et certains juges ne pouvaient rester étrangers à tout cela; puisque le gouvernement sur-tout conspirait, et les avait choisi selon ses vues. C'est sur le tribunal où siégèrent les MALSHERBES, les DAGUESSEAU, les LAMOIGNON et tant d'autres personnages illustres, c'est sur ce tribunal, qu'après le 18 fructidor, la simple volonté du directoire plaçait les Gascons épaves, les nouveaux débarqués, les BONNEMANT, les BENABEN et autres individus de cette trempe. Aussi s'exprimait-on en ces termes, dans une pétition distribuée aux deux conseils, le 30 prairial an 7, et où étaient nommément désignés les deux hommes que je viens de citer :

« Une administration publique, la loterie nationale, par exemple, est-elle obligée de plaider ? On prévient le ministre de la justice, la veille du jour où la cause doit être utilement appelée; il se fait remettre la liste des magistrats en exercice; et si le nombre et l'influence des juges nommés en fructidor, qui, au jour critique, font partie du tribunal, lui paraissent menacer les intérêts de la république, il demande au directoire une autorisation en vertu de laquelle il les prévient que le gouvernement a les yeux fixés sur eux. Le sens de cette expression laconique sera facilement compris : le même défenseur officieux, certain aujourd'hui de gagner sa cause ainsi recommandée, ne serait pas moins assuré, le lendemain, de perdre un procès où le bon droit de l'homme privé lutterait contre la faveur directoriale. »

(9) On connaît le talent correct et brillant de DAVID, comme

peintre d'histoire. Qui n'a sur-tout admiré les derniers ouvrages qu'il vient d'exposer ? DAVID est le BOILEAU de la peinture.

VERNET peignit les tempêtes et, en général, les MARINES. En ce genre seulement, nous avons surpassé les peintres nos prédécesseurs ; et VERNET l'emporte sur tous ses émules.

HOUDON, sculpteur distingué. Son meilleur ouvrage est sa DIANE. Quelques critiques ont remarqué que la figure, d'ailleurs pleine de noblesse, est plutôt française que grecque. D'autres voudraient que la chaste DIANE eût les flancs aussi larges que la mère des amours. Ce serait selon moi une défectuosité. La DIANE est tout-à-fait nue : aucun défaut ne peut être rejeté sur le mouvement de la draperie.

MOITTE a fait le superbe frontispice du Panthéon.

PUJET, sculpteur ingénieux qui décora de ses chefs-d'œuvre l'hôtel de ville de Marseille et celui de Toulon. Il est sur-tout célèbre par deux groupes qu'on admire dans les jardins de Versailles : *Persée délivrant Andromède* et *Milon de Crotone dévoré par un lion.* Ces deux ouvrages, malgré leurs défauts, lui garantissent l'estime de la postérité.

PIGAL. Le plus grand de nos sculpteurs modernes. Depuis Pétersbourg jusqu'au cœur de l'Italie, l'Europe est remplie de ses chefs-d'œuvre.

(10) « Il cite MONTESQUIEU, BUFFON, ROUSSEAU, VOLTAIRE. » Ces grands hommes méritent tous nos hommages. Mais pourraient-ils jamais effacer nos regrets ? Combien notre siècle paraît disgracié auprès du beau siècle de Louis XIV, où CORNEILLE, RACINE, QUINAUD, MOLIÉRE, REGNARD, BOILEAU, PASCAL, BOSSUET, FÉNÉLON, MASSILLON, BOURDALOUE, LE POUSSIN, LE MOINE, COLBERT, VAUBAN et RIQUET, et tant d'autres génies, ralliés autour d'un grand roi, semblaient entre eux commercer de gloire, et conspirer pour l'éclat de la plus brillante époque de nos annales. Depuis quelques années, il est vrai, nous avons vu revivre

lés TURENNE et les CONDÉ; mais les auteurs de notre gloire littéraire :

> « N'espérons pas qu'un dieu nous les renvoye. » *Racine.*

(11) C'est à FRANÇOIS DE NEUFCHATEAU, directeur, ministre, et
partant membre de l'Institut, que nous devons une administration
si *épistolaire.* S'agissait-il de planter un tilleul, à l'avenue de quelque village, une lettre de quatre pages, insérée dans le Rédacteur,
en instruisait gracieusement la république, l'Europe, le monde
entier. Les municipalités imitaient l'homme d'état, dans leurs pro-
clamations; et les sous-commis en adressaient aux garçons de bureau.
Chacun ensuite se reposait sur d'aussi beaux discours, ou poursuivait
au cabaret un prix d'éloquence.

Passe encore que FRANÇOIS DE NEUFCHATEAU eût employé son
temps de cette manière. Mais quelle rage a-t-il de rimer ? Il donnait,
dit-on, des espérances à l'âge de vingt ans. Je conçois qu'il ait sur-
vécu à son talent. Le goût, du moins, ne devrait pas se perdre ; et
comment un auteur, qui ne prétend pas être burlesque, a-t-il pu
faire cet absurde poëme des *Vosges,* absolument dénué de poésie? Comment a-t-il pu faire cette traduction du premier chant de VALERIUS-
FLACCUS; traduction qu'il a lue à l'avant-dernière séance de l'Institut
national, et où, croyant renchérir sur le poëte latin, il rend le
simple nom de NEPTUNE, par: *le roi de l'eau salée.* L'Institut, qui
avait nommé FRANÇOIS DE NEUFCHATEAU à la section de grammaire,
semblait lui avoir donné fraternellement l'avis de renoncer à la ver-
sification.

(12) « Rempli de quatre auteurs dont on vante le nom, »
Ce jeune homme, avec de l'esprit et de la verve, manque de
style, de goût et conçoit follement. Il commença par des productions
bizarres; telles que *Clarisse,* le *Tartuffe Révolutionnaire,* le *Lé-
vite d'Ephraïm.* Vint *Agamemnon* qui décéla un talent absolument
opposé à ces premières compositions. Cette tragédie est d'un genre
simple et sévère; elle obtint un juste succès ; cependant, on a eu tort
d'avancer qu'elle prouvait de l'imagination dans son auteur. Il a eu

au moins quatre modèles; ESCHYLE, SÉNÈQUE, THOMPSON, ALFIERI, qui lui ont fourni ses plus beaux traits et ses deux rôles les plus saillans. *Cassandre* Prophétesse se trouve dans ESCHYLE, dans SÉNÈQUE, et avoit déja paru sur la scène française, dans les *Troyennes* de CHATEAUBRUN. *Egyste* appartient tout entier à l'*Agamemnon* d'ALFIERI, d'où, la première scène du quatrième acte, sur-tout, l'une des meilleures de la pièce nouvelle, est tirée mot à mot. Ajoutons que cette tragédie, où le poëte n'est souvent que traducteur, offre quelquefois un style incorrect et obscur, quoiqu'il y ait de l'énergie et de la couleur. Du moins, malgré quelques défauts, elle donnait de grandes espèrances. Ont-elles été remplies ? Non : le cit. LEMERCIER est bientôt rentré dans le mauvais goût de ses débuts, en mettant sur la scène la *Prude* et *Ophis*. Je ne dirai rien de la *Prude*. Quant à *Ophis* dont la fable est mal imaginée, dont les caractères sont nuls, dont le style, sans naturel, sans correction, sans mouvemens dramatiques, est d'un épique déplacé, ce serait son ouvrage le plus déraisonnable, si *Pinto* ne l'avoit suivi. La représentation de cette dernière monstruosité, qu'on a nommé comédie, est la honte du théâtre français.

(13) « A toi, mon cher GUYOT, mon tendre DESHERBIERS. »

Plusieurs de ses amis lui trouvent de la verve; mais moi, pour le comprendre, et savoir ce qu'il entend par *Cuculle*, *Caïmack*, etc., j'attends qu'il veuille bien me communiquer son vocabulaire.

(14) VOLMERANGE et MERCIER, deux dramaturges de même force. Le *Brigand par amour*, *Crévecœur*, le *Mariage du capucin*; tels sont les ouvrages du premier. Il semble s'être attaché à révolter sans cesse la nature. Quant à MERCIER, qui n'est pas tout-à-fait LE MERCIER, il sera, comme EROSTRATE, fameux dans l'avenir par son extravagance. On connaît son opinion sur l'art de la peinture. Il veut prouver aujourd'hui que *Newton n'a pas le sens commun*, *d'assurer que la terre tourne*, *comme un dindon embroché*, *devant le foyer solaire*. C'est de ce style de cuisinier et avec ce jugement, que MERCIER professe la littérature au Lycée républicain. On sait

que

que l'Institut national, s'étant inconsidérément engagé à l'entendre, ne put tenir parole : les honorables membres et le public sortirent, sans que le discoureur parût s'en affecter. Les prières du concierge lui firent enfin abandonner la tribune.

(15) « Il prétend n'imiter RACINE ni BOILEAU. »

Tel est l'aveu que nous fait le citoyen MASSON, à la tête de son Poëme des *Helvétiens*. Nous renvoyons à la lecture du Poëme ceux qui d'abord n'auraient pas pris l'auteur au mot. — *François de Neuf-château* s'est chargé de louer cet ouvrage à l'Institut national.

(16) CONSTANCE – THEÏS – PIPELET, partagée des graces de la figure, n'a pas craint de les flétrir et de pâlir à la lueur de la lampe. Elle en respire l'odeur, au lieu des parfums du mirthe et de la rose. Si elle se fut contentée d'écrire des piéces fugitives, dans le genre gracieux, je crois qu'elle y eût réussi ; les succès de société l'auraient dédommagée des critiques : mais pourquoi commettait-elle sa réputation devant un public impoli ? Je lui conseille de rentrer dans le rang des femmes de lettres.

(17) Les ballets composés par GARDEL sont aussi de la pantomime; mais ses poëmes diffèrent un peu des ridicules compositions de CUVELIER. Celui-ci joignait autrefois deux ou trois cents mots aux danses et aux gestes de chacun de ses ouvrages dramatiques. Les forts de la Halle et leurs compagnes aimables qui fréquentent ce spectacle, sifflèrent vigou-reusement les paroles. L'auteur alors introduisit sur la scène des acteurs décidément muets : les chevaux de FRANCONI. Ils manœuvraient sur le théâtre de la Cité, espèce de tréteaux de 40 pieds quarrés, lors que l'un d'entr'eux, il y a quelque temps, sauta dans l'orchestre et se cassa les jambes. Cet accident a fait renoncer la troupe de FRANCONI à la carrière dramatique. CUVELIER néanmoins a, dit-on, acquis à cela, 20,000 francs de rente. C'est plus que n'eurent jamais RACINE et CORNEILLE réunis.

(18) «MONGE, PROUY, LAGRANGE, et LEGENDRE, et LAPLACE» Géomètres, physiciens, calculateurs sur-tout, qu'on ne pourrait

C

apprécier comparativement, sans motiver le jugement qu'on aurait osé en porter; et un volume ne suffirait pas à ce travail. Contentons-nous de dire qu'ils offrent, dans leur réunion, à leur école, des motifs toujours nouveaux de reconnaissance et d'admiration, à leur pays un titre de gloire, à l'Europe savante un objet d'envie.

(19) Le citoyen BUACHE, membre de l'Institut. Son nom, illustré par feu BUACHE, son père, acquiert un nouvel éclat, par les travaux et les talens du fils. La multitude de cartes qu'il a fait graver, d'après ses recherches particulières ou sur des résultats soumis à sa critique, le placent à la tête de tous les géographes de l'Europe.

BERTHOLET, GUYTON-MORVAUX, VAUCLAIN, physiciens, naturalistes et sur-tout chimistes. Ils ont placé la chimie au rang des sciences exactes; ils en ont fait peut-être la première des sciences. L'étranger paie à ces savans illustres un tribut non-équivoque d'estime, en profitant avec empressement de leurs leçons. A Londres, leurs ouvrages sont dans les mains de toutes les femmes. Cette étude commence à se propager, en France, dans les diverses classes de la société.

(20) DELAMBRE et MECHAIN, fameux géomètres et astronomes.

(21) BOUGAINVILLE, membre de l'Institut national, célèbre, par son audace et ses talens, comme navigateur; cher aux sciences et à la littérature, par *la Relation de son Voyage autour du Monde.* Il y joint au mérite des observations astronomiques et des vues politiques et commerciales, le charme d'une diction élégante et pure. Son sujet, naturellement sévère, s'adoucit sous sa plume et se pare de toutes les graces du style. Ce *Voyage* est rempli de tableaux dignes de l'Albane et de Boucher : tel est celui où l'Auteur décrit l'arrivée d'une jeune Otaïcienne sur sa frégate, et l'hommage que rendaient à cette Vénus de l'Océan pacifique nos voyageurs enchantés. L'ouvrage de BOUGAINVILLE doit également se trouver sur la toilette d'une jolie femme, entre les mains du moraliste et dans la bibliothèque du savant.

ERRATA.

Page 7, sixième vers, lisez : LAMBALLE.

Idem. Dixième vers, lisez : les mourans,

Page 9, cinquième vers, lisez : cette image, .

Page 10, vers 23e., lisez : Ce monstre qui , long-temps bourreau
de sa patrie,

Page 11, 3e. et 4e. vers, lisez : De l'or qu'on lui commit l'état
dépositaire,

Dans le palais du riche , . . .

Page 13, premier vers, lisez : viles enchères,

Page 14, on a omis le renvoi N°. 9.

www.ingramcontent.com/pod-product-compliance
Lightning Source LLC
Chambersburg PA
CBHW061625180626
46818CB00005B/2240